KB176451

푸른사상
시선
105

동태

박상화 시집

푸른사상
PRUNSASANG

푸른사상 시선 105

동태

인쇄 · 2019년 7월 25일 | 발행 · 2019년 8월 2일

지은이 · 박상화
펴낸이 · 한봉숙
펴낸곳 · 푸른사상사

주간 · 맹문재 | 편집 · 지순이, 김수란 | 마케팅 · 김두천
등록 · 1999년 7월 8일 제2-2876호
주소 · 경기도 파주시 회동길 337-16(서패동 470-6) 푸른사상사
대표전화 · 031) 955-9111(2) | 팩시밀리 · 031) 955-9114
이메일 · prun21c@hanmail.net / prunsasang@naver.com
홈페이지 · http://www.prun21c.com

ⓒ 박상화, 2019

ISBN 979-11-308-1449-0   03810

값 9,000원

푸른사상 시선 105

동태

언젠가 수국을 만난 적이 있다. 푸르지도 분홍빛이지도 희지도 않았다. 갈빛으로 꼿꼿이 마른, 목화된 꽃. 꽃이었으나 말라 나무가 돼버린 꽃. 꽃이 피어난 그 순간 그대로 시간을 멈춰버린. 세상에. 아무도 멈출 수 없던 시간, 그 시간을 멈춰버린 꽃이었다. 사랑하였으므로 피었고, 핀 그대로 가장 아름다운 순간에 멈춰버린 꽃이었다. 모든 시간은 순간이다. 너의 화양연화는 어쩌면, 힘든 삶을 버티고 말라가면서도 네가 꽃이었을 때 그 모습을 그대로 버티고 있는 고집은 아니었을까. 불안해하면서도 고집을 부리고 있다면 넌 잘하고 있는 거다. 잊지 말길. 지지 말길.

2019년 7월
박상화

제2부 꽃은 바닥에서만 핀다

제3부   하피첩(霞帔帖)

제4부   지브크레인 85호의 노래

제1부

등

동태

동태는 강자였다 콘크리트 바닥에 메다꽂아도
눈 하나 꿈쩍하지 않았다
동태를 다루려면 도끼 같은 칼이어야만 했다
아름드리나무 밑둥을 통째로 자른 도마여야 했다
실패하면 손가락 하나 정도는 각오해야 했다
얼음 배긴 것들은 힘이 세다
물렁물렁하게 다뤄지지 않는다
한때 명태였을지라도,
몰려다니지 않으면 살지 못하던 겁쟁이였더라도
뜬 눈 감지 못하는 동태가 된 지금은
다르다
길바닥에 놓여진 어머니의 삶을
단속반원이 걷어차는 순간
그놈 머리통을 시원하게 후려갈긴 건
단연 동태였다.

등

어떻게 해도 손이 안 닿는 곳에
보이지 않는 곳에
한 번도 멀어지지 않았던
네가 산다

등의 힘으로 먹고사는 사람들은
자신의 등이 얼마나 크고 아름다운지
알지 못한다
서로 끌어안거나 등을 기대일 때
타인의 손길을 빌려서만
토닥여줄 수 있으나
꿈을 잃고
얼굴을 묻고 절망할 때에도
등은 표정이 되어주는
미덕을 지녔다

소멸하는 순간까지
끝내 남아 뒤를 지키는

묵묵한 사람들이 사회를 밀고 간다

얼굴보다
등이 더 눈에 박히는 사람이 있다

풍경(風磬)

이제 너

여기 매달려 벌 서거라

바람이 불면 종을 치며 살거라

네 몸에 물기 다 말라

슬픔이 너를

흔들지 못할 거라 했으니

널 잡아주는 이 없어도

네가 잡아주어야 할 이 많은 줄 알거라

상소리 아무리 커도

사람들 귓가만 불안스레 맴돌 뿐이다

너는 한 사람

가슴속까지 파고 울리거라

작은 것들이 왜 소중한지

증명하며 살거라

매화가 피면

매화를 보러 가야지
그 절엔
스님보다 부처님보다
매화가 먼저라고
바람 심하게 불고
추울지도 몰라
덜덜 떨면서
검은 가지를 뚫고 나와
한 모금 햇볕을 물고 있는
매화를 보게 될 거야
지지 말기를
아니 어쩌면 바람에 날려
지친 어깨에 가만히 내려앉기를
가만히 울기를
꽃처럼
꽃잎처럼 환하게 울기를

숲

큰 나무 혼자서도 안 되고
앞장선 나무 혼자서도 안 된다
혼자서는 이루지 못하는
숲

차비가 없어서 농성장에 오지 못하는 나무와
밥을 굶고 연대하는 바위
피켓을 든 작은 풀도 있어서
새는 먼 데서도 함께 울고
구름은 공장에서 일하는 마음을 띄우는 것이다
일자리 찾아가는 냇물들도 모여
함께 다 같이
숲

나무는 걷는다

어린 오리나무가 밤새 둔덕을 걸어 내려왔다
노란 민들레 점점이 따라 내려왔다

여름이 바싹 말라붙은 둔덕에
초록 발자국 여기저기,
토끼풀, 야생당근꽃, 엉겅퀴,
잡초들은 폭염에도 타지 않았다

바람 따라 포플러 나란히 걸어가고
편백나무 담에 낀 도토리나무 잎 떨어질 때
시간은 그늘에 고이고
소음도 고요에 잠들었다

개미는 하루에 몇 리나 걷나
거미는 몇 개나 그물을 짜나

노곤한 졸음에 자꾸 목이 꺾이는 맨바닥
그늘을 하나씩 달고
모두 다 말없이 부지런하다

웅덩이

바쁘던 진눈깨비 긋고
낮은 곳엔 웅덩이가 생겼다
술 한잔하는
알전구 같은 저녁이면
흘러온 물들은 주머니에 든 먼지를 털었다
이래봬도 한때 폭포였다거나
거침없던 강이었다며
진눈 출신도
깨비 출신도
소란소란하다가
연장도 무기도 다 내려놓고
무거운 것들 다 내려놓고
낮고 낮은 웅덩이에서
술 한잔 적신 곤한 몸
잠이 들었다

전봇대에게

우리를 잇는 줄을 타고
문명은 불을 밝히는데
우리를 찌릿찌릿하게 만드는 건 통증뿐

이렇게 서서 말라가는구나

가만히 네게 귀를 대면
우리의 언어는 울음뿐

시간을 버티는 건 힘든 일이다

더듬더듬 수맥을 찾아 뻗을
날개 같은 푸른 잎을 돋울
생장점 하나를 찾아다오

우리가 숲이었었다더라

손걸레질의 힘

무릎을 꿇고 손걸레질을 하면
서서 대걸레질할 땐 보이지 않던 것들이
보인다
걱정거리에 대해서
되지 않는 일에 대해서
겸허히 무릎을 꿇고 손걸레질을 하면
걱정거리의 바닥에
어떤 묵은 때가 끼어 통증을 유발하는지
되지 않는 일의 구석에
어떤 먼지 같은 욕심들이 뭉쳐 있는지
손걸레 앞으로 땀 한 방울 뚝 떨어질 때
마음이 열린다

의자

구멍가게 앞 처마 밑 의자
비 오면 비 맞고 눈 오면 눈 맞고
햇살이 쓸어주면 고양이처럼 자고

비스듬히 기댄 품에
간장 내 나는 홈리스도 받아주고
담뱃불 타는 속도 안아주고

다리 한 짝 휘고 녹슬어
삐이꺽 신음 소릴 내면서도
달 보고 우는 사람 다 울 때까지
꼬부라진 술꾼들 지쳐 잠들 때까지

반달

모자란 것을 생각하느라
하염없이 고개를 처박고 있으면
가만가만 채워주던 술잔
곁에 쪼그려 앉아 버금버금 태워주던 시간
날 선 거리 찬바람에 뼈가 시리거든
아프지 말자고 그렁그렁하던 눈동자

몸은 자꾸 얼고
아무리 기다려도 오지 않는 사람

여기는 반달이에요
거기도 반달인가요
그대 반달 내 반달 합치면
환한 보름달 되겠네요
환한 보름달 되겠네요

공짜

땡볕은 공짜다
공짜는 얼마나 좋은가

푸른 하늘 구름의 전시회를 감상하는 일도
새들의 연주회도
담벼락의 시화전도

그러나 세상에 공짜가 어디 있는가
공짜로 즐기는 것들은
마음으로 지불하는 것

미세한 자본의 그물을 뚫고
모든 가격표를 떼고
아직 살아남은
공짜들에게
박수를

결

나무는 매일 있었던 일을 제 몸에 적어놓는다
강추위가 오면 움츠러들었다고 적고
꽃이 핀 날은 한껏 부풀더라고 적고
고요했던 날은
지루해 몸이 뒤틀리더라고 적어놓았다
몸에 가라앉은 세월은 주름이 되므로
주름진 할아버지는
주름진 나무의 일기를 읽을 줄 아신다
제 몸에 세월을 새겨본 이들만 읽을 수 있는
언어로
두 주름이 서로를 보듬어
결 속에 묻힌
침묵을
깎는다

만둣국

눈이 온다.
수없이 많은 네가 온다.

먹어도 채워지지 않던 허기 위로
아득히 많은 내가 온다.

만둣국도 고봉이던 아버지 국 사발처럼
더 먹어라 쌓이며 온다

하얀 사기 사발
하얀 떡
하얀 만두

봄눈

새봄님 흙 이마에 흰 눈이 한 점
가만히 짚어주는 찬 손이 한 점
그리워 헤적이던 언 발이 한 점
빈자리 녹아드는 봄눈이 한 점

사과나무 그늘

사과들이 사과나무 발치에 떨어져 썩어갑니다.
가을 햇살은 뜨거워
사과나무 그늘 만들어 가려보지만
하루 종일 애써도 한쪽밖에 못 가립니다.

몸뻬 입고 선 저 사과나무
읍내 미용실에서 동네 아줌마들이랑 맞춘
파마머리 수줍던 어머닙니다.

해가 곧 꼴딱 넘어갈 텐데
멀리 굴러가 썩는 사과까지
어머니 그림자 닿을락 말락

흙 파서 키운 자식들
다 익어 떨어지고 굴러간 뒤에도
품으려 안간힘 쓰다
미안하다 미안하다 하십니다

엽차

다방을 가면 아직도 주는지, 엽차
집으로 가는 버스를 기다리는 동안
터미널다방
오늘처럼 쌀쌀하고 빗방울 섞인 바람 많이 불던
어떤 늦가을 오후
난로 위에서 끓고 있던 엽차 한 잔이
묻지도 않고 내 앞에 와서
버스를 기다리고
쌍화차를 기다리고
또 무엇을 기다리느라 춥고 쓸쓸하던 젊은 날
푸르게 언 손을 따뜻하게 녹여주던
아니, 버스를 기다리기 위해
빈자리를 내어주던
다방이란 것이 아직 남아는 있는지
터미널에서의 기다림
오늘처럼 쓸쓸하고 빗방울 섞인 바람 많이 불면
군복 야상 냄새, 담배 냄새,
엽차 냄새가 코언저리 어디에서

집으로 가는

버스를 기다리고 있는데

비상(飛翔)

큰 나무가 되려면 삼백 번쯤 헐벗어야 하고
하늘을 날려면 뼈를 비워야 하지

수만의 꽃관을 쓰고
가지가 휘도록 즐거운 열매를 내면서
하늘 가득 새 떼 날리던 날에는
그것 다 나의 권능인줄 알았지

한번 베어져
뿌리만 남은 둥치엔
바람도 머물 수 없는 법이야

새가 와 울어주니
꽃 한 송이 피울 힘 얻고서야
가득하던 꽃관, 새의 것이고
가지가지 무겁던 열매, 바람이 맺힌 것임을 아네

꼭 필요한 한 잎의 언어와

한 송이 꽃이

널리 움켜쥐던 뿌리를 거두게 하고

비로소 뼈를 비워 날 수 있게 하네

나무라 하듯이

누군들 재주 한 가지 없는 사람이 있겠느냐
누군들 아픈 구석 한군데 없는 사람이 있겠느냐
모든 사람이 다 다르다
남들보다 못한 부분이 있어 장애라 한다면,
장애 아닌 사람이 어디 있느냐
남들보다 잘난 것만 가진 사람이 어디 있느냐
장애라는 규정은 스스로를 가둔다
서로 다른 것뿐이다. 네가 가진 것 하나 나에게 없을 뿐
이고,
내가 가진 것 하나 너에게 없는 게 있다

잎이 없어도 나무,
가지가 한두 개 없어도 나무,
뿌리가 하나뿐이어도 나무,
꽃이 피지 않아도 나무라 하듯이
아무도 어떤 나무를 장애나무라 하지 않듯이
아무도 어떤 꽃을 장애꽃이라 하지 않듯이

눈이 안 보이면 마음으로 보고

입으로 말하지 못하면 눈으로 말할 수 있는데

단지 도구(tool)가 없는 사람을

왜 굳이 장애인이라 구별해 부르나

돈을 신성시하는 사람

배려가 결핍된 사람

남이 아픈 건 모르는 사람

그런 사람도 사람이라고 하면서

삼십 년

형,
이번 주말에
광화문에서 만나요

배고프고 반짝이던 청춘은 지쳐 찌들었지만
마음은 스무 살
패배하고 마주 앉아 꾹꾹 참던 울음이
첫눈처럼 그리워요

백만이 모인다고 하나
나는 형을 찾을 수 있어요

산을 타고 담을 넘어
기어이 집결하던 그때처럼

형이 있어
무서움 없이 뛰던
그때처럼

제2부

꽃은 바닥에서만 핀다

나무의 사랑

루이스는 요리사

45년간 주방에 서 있어야 했다

걷기보다 서 있기에 주력한 다리와 허리는

나무 둥치를 닮았다 굵고 튼튼하다

루이스의 다리엔 뿌리가 났다 바닥을 파고 들어가

주방을 움켜쥐고 중심을 잡고 있었다

중심을 잡는 건, 바닥을 파고 들어간 자만이 할 수 있는 일

어떤 사람들은 서서 버티는 나무가 되기도 하고

나무가 된 어떤 나무는 걷기도 한다

걷는다는 건

그리움이 뿌리의 힘을 이긴다는 것

뿌리가 들려도 중심을 잡을 수 있다는 것

햇살이 차려진 식탁

설거지하다 보면

포크에 수없이 가로 새겨진 긁힌 자국.

철수세미로도 지워지지 않은 잇자국.

입에 음식을 넣는 일은

쇠에 고랑을 내는 치열한 일이어서,

포크도 숟가락도 상처투성이.

상처 없는 밥이 없고

고통 없는 기쁨도 없어,

보드라운 하얀 빵도

뜨거운 불길을 견디고 익어간 것을.

그대를

마주 앉아 천천히 밥을 먹을 때

상처도 고통도 모락모락 증발하는

햇살이 차려진 식탁

마트 계산대에서

무겁고 긴 발을 끌고 들어와
시간의 목을 쥐고 걷듯이 가게를 한 바퀴 돌고
마침내 천 원짜리 아이스티를 한 개 갖다 놓고
꼭 다문 지갑을 열어
보풀이 인 고지서들을 주섬주섬 꺼내놓다가
지갑의 바닥엔 바닥뿐임을 확인하고는
다시 주워 담는 동안
여기저기 삐져나온 살들 숨 쉬며
오래 묵은 번뇌를 흘리고
퉁퉁한 큰 손이 작은 호주머니를 몇 번 파더니
우물 밑처럼 깊은 곳에서 건져 올린 건
먼지, 단추, 돌멩이, 그리고 수많은 주름을 가진
지전 한 장!
다시 먼지들을 주머니 깊이 묻어두고
두 손을 받쳐 아이스티를 가슴에 품고
느릿느릿 무겁고 긴 발을 끌고 환한 세상으로
나가시는 기나긴 그림자

춘묵(春墨)

새들은 뿌려진 먹물처럼 날아올랐고
나무는 번지는 농담(濃淡)처럼 자랐다.
햇살은 나무 사이를 기웃기웃
새들을 날려버린 바람은
늘어진 능수버들에게 가서
다른 나무들 모두 솟구치는데
왜 너만 고개를 숙이고 섰느냐고
이파리를 흔들었다
그 봄에
고개 숙인 친구를 두고
먼 길을 떠나왔었다.
먼 길이었다.
친구를 떠난 세상은 서러웠다.
언제 돌아갈 수 있느냐고
창백한 달이 밤마다 물었다.
검은 까마귀가 아침마다 물었다.
낯선 땅에 박혀 콜타르조차 하얗게 마른 전봇대처럼
그리움은 뼈만 남기고 삭아

대답할 수 없었다.

여섯 개의 봄이 모두 고개를 숙이고

일곱 개의 바람에 흔들렸다.

꽃은 바닥에서만 핀다

바닥에 닿으면
입안이 헐어 꽃이 핀다
먹을 수 없다
살려면 먹는 것도 줄이라고
꽃은 바닥에서만 핀다

밟기만 하고
바닥을 살필 줄 모르면
길이 끊긴다
길은 누군가의 등이었으므로
엎드리지 않으면 이을 수 없다

눈물이 바닥에만 고인다고 해서
고이면 차오르는 바닥의 힘을
없다고 할 수 없다

바닥이 아닌 높은 데 것들은
모두 침몰하는 중이다

술 한 잔을 받쳐 들고

밥도 담는 바닥에서

더 이상 가라앉지 않는 바닥만이

일어설 수 있다

가만히 엎드려

단단해진 바닥이 일어서면

벽이 된다

인정사정없이 밟아 다진 바닥이었으므로

그 벽은 뚫을 수 없다

생의 굴뚝에 서서

불면의 밤들이 뭉쳐
뚜둑뚜둑 머릿속 혈관 끊어지는 소리
세상과 나를 이어주는
붉은 실들 한 가닥씩 끊어져
심장의 박동이 더 이상 머리에 담아지지 않고
뜨거운 기억이 더 이상 심장을 울리지 못할 땐
어떤 목각 인형처럼 그늘에 잠들겠지만
거기까지 나는 가야만 한다

죽음은 어디나 도사리고 앉아 덫을 놓고 있지
이 길을 벗어나도 삶이겠지
주저앉지 못하는 이유는 단지 한 가지뿐,
나는 포기하고 싶지가 않다

끝까지 가보기 위해
얼마나 많은 생각을 하고
얼마나 많은 시도를 해보았던가

어깨가 등이 아프고 이가 시리다
그래도 충혈된 눈 감지 못하는
길의 끝, 생의 굴뚝에 서서
간혹 아득하고
어쩌다 심장이 브레이크를 밟아도
나는 포기하고 싶지가 않다
한생을 바친 뜨거움이 있었고
뜨거움이 아직도 눈물을 만들기 때문이다

악착(齷齪)

바람이 불었고

잎들은 악착같이 매달렸다

가지는 악착같이 줄기에 매달리고

줄기는 악착같이 뿌리에 매달리고

뿌리는 흙을 움켜쥐고

허리가 휘어도 놓지 않았다

악착같이 매달리는 소리에

바람이 매달려 악착같이 불었다

모두 악착같이 이를 악물고 살았다

아무도 발 붙은 자리를 떠나지 못했고

휴가도 일요일도 없는 꽃처럼 살았다

스스로를 땅에 묻고 눈 귀 입을 지워버린 돌조차

제 무게를 포기하고 가벼워지지 못했다

매달려 부대끼는 수많은 날개들과

매달리다 떨어져

먼 허공으로 날아가는 어린잎들

지쳐 부러지는 심줄들

쪼그려 앉아 담배를 피우는 동안
악착같은 세상에 악착같이
떨어지지도 들러붙지도 못하는
불량한 가격표가 한 장
너덜너덜 흔들렸다

슬픈 대문짝

대문짝에 폐업이라고 대문짝만 하게 써 붙인 가게
그의 슬픔도 대문짝만 했을 것이다
절을 한 번 할 때마다 시를 한 편씩 쓰는 마음으로
백팔 배를 하고,
천팔십 배를 하고,
삼천 배를 하며 하루하루를 살았을 것이다
참새처럼 종종 뛰며
똥 싸고 해탈할 시간도 없이
뱃속이 사리로 가득 찰 때까지
친구도 끊고
술도 끊고
죽기 살기로 매달렸을 것이다
희망과 놀람을 거쳐 오기와 끈기,
다음은 겸허와 근면이었으나,
허무에 와서 무릎이 꺾인 그는
열망이 그를 다치게 했다는 걸 깨달았다.
폐업을 써 붙이면서
누군가 다시 이 문을 열고

똥 싸고 해탈할 시간도 없이 살지 않기를
잠시 기도했지만
절 한 번에 시를 한 편씩 쓰는 마음으로
매일 삼천 배를 하는 정성 가지고는
이 문짝 안에서 성공할 수 없으리라고
대문짝은
폐업을 덧바르면서
자꾸 얼굴이 두꺼워져갔다.

돌멩이

약속을 지키지 못하면 등이 아팠다
금방이라도 와르르 무너질 것처럼 불안했다
살이 찢어지고 자꾸 뼈가 튀어나왔다
그 흉몰(凶沒)로 걸었다 살아야 했다
질고 단단한 길을 가리지 않았다
꺾이고 부딪혀도 흘러갔다
아무것도 할 수 없는 곳에서는 고여 기다렸다
푸른 하늘의 구름도 바람에 찢기며 나아가고
나무도 가지를 찢으며 벋었고
꽃도 터지며 벙글었으니
아프지 않고 나아갈 길은 없었다
아픈 건 나아간다는 것이라 믿었다

시간도 공간에 갇히고
공간도 시간에 고였다
멈추지 않는 것은 오로지 삭는 일뿐이었다
일이 안 될까 봐 조바심을 치고
밥을 삼키고 종종종 뛰면서

피곤을 주고 여유를 벌고 싶었으나

여유를 뺏기고 피곤을 벌었다

아내와 나의 젊음을 뜯어 먹인 아이들은 더 커야 했고

늙은 부모에겐 빚이 있었다

물풍선처럼 불안한 것을 삶이라 했다

이토록 간절한 영역을 흔드는 비린 눈빛은

용서할 수 없는 것이었다

참고 견뎌왔으나

이것을 삶이라 하는 것도 용서할 수 없는 것이었다

몸 곳곳에 박힌 뼈들이

자꾸만 튀어나왔다

먼지

가게 밖 어둠은 두터웠다.
바람은 차를 몰고 지나가고
오늘 쌓인 먼지를 밖으로 쓸어냈다.

하루 종일 손님을 타고 온 먼지들이
여기저기에 숨어 있었다.
화가 나서 등에 뿔이 돋더라도
그냥 먼지처럼 구석을 찾아 들어가 있으라고
가만히 있다 보면
지금 참지 못하고 내뱉은 나쁜 말들도 삭아
먼지가 될 거라고

간혹 길 잃고 들어와
술 한 캔 사며 손을 벌벌 떨던 홈리스나
꿀벌이나 참새, 민들레 홀씨들도
한숨 쉬고 쏟아낼 말 많았을 텐데
굳어 먼지가 되고
빗자루에 쓸려 내쫓기면서

어둠에 몸을 숨기고 마는 것은
침묵도 말이기 때문이었다.

가만히 가게 문을 닫아도
어둠으로 내몰린 먼지들은
내일 또 다시 들어올 것이다.
세상엔 말보다 진득한 것이 있어
말이 아무것도 아닌 것을 알게 해준 것은
소리가 없는 먼지들이었다.

덫

가게 주인은
화석에 박힌 꽃무늬처럼 기다리고 있었다.

두려울 때
더 열심히 뛰는
심장처럼
살자.

비가 내렸고 밤이었고
손님은 좀처럼 오지 않았다.

장대같이 비가 오는 밤에는
퀴퀴한 자취방에서
파를 뚝뚝 끊어 넣고 기름을 두른 전 한 장에
소주병을 눕히던 날들이
그립다

껌에는 먼지가 앉아 있었고

초콜릿은 아무 데나 누워 있었고
나는 복권 기계 앞에 빗줄기처럼 서 있었다.

산다는 건
고드름을 타고 미끄러지다가
간신히
얼어붙는 거다.

아무것도 숨을 쉬지 않았다.

보도블록

너를 만든 한 노동자를 기억하는지
땡볕 아래서 굵은 땀 흘리던 그를

가난하였을 거야
바짓가랑이 붙잡는 꼬마 하나쯤 있던 사람이었겠지
참으로 많은 수모, 괴로운 일상의 반복 따위
검게 그을린 노동으로
버티고, 기어이 살아남은 사람이었을 거야

설움의 굴레를 깨고
나아가야 할 외길 앞에서
깨어져 날아가면서 너도 보았을 거야

그동안 박혀 있던 자리
다 같은 모양으로 줄지어 앉아
어깨 걸고 지키던 자리
길
이었음을

길을 깨어야만 갈 길 뚫을 무기가 생기는
이 부박한 삶 앞에서
꼭 모가지 떨어지지 않아도 밀리면 죽는 게 확연한
이 배수진의 삶 앞에서

기어이 살아남아 노동의 열매를 전해준 사람은
너를 만들어
무기를 만들어 길에 매복시켜놓은 사람은
설움을 아는 사람이었을 거야

뼈다귀해장국집에서

새벽 뼈다귀해장국집에 앉아
평생 모아 땅에 묻었다가
탈탈 털린
달덩이 같은 감자를 본다

좁고 작은 방에서
곧추세워볼 일 없었던 등뼈는
우거지를 끌어당겨 덮었다

소금 땀도 눈물도 짜가운 것을
늘 자작자작 졸여대는 인생
시골 개울물처럼 차고 맑은 것이 사무쳐
소주 한 컵으로
새벽을 바글바글 끓이는 사람들

감자와 등뼈와 우거지들의
모락모락한 김과 왁자한 소리에
투가리 속 국물같이 뻘건 새벽 뼈다귀해장국집

삼십 년 넘게 갈아온 연장 같은 손으로
뼈를 쪽쪽 빨다
탁 하고 내려놓던 그 빈 잔도
새벽 조문을 마치고 이승을 떠났다

유리 미닫이문의 밖은
눈이 토닥토닥 덮이는 겨울밤이었다가
꽃잎 날리는 봄밤이었다가
빗줄기 서서 들여다보던 여름밤이었다가
허연 서리 얹고 드르륵 문을 여는 가을밤이었다가

내가 거기 가 앉아
내 맘같이 움푹 팬 숟가락으로
아직 따뜻한 투가리 속 국물을 한술 떠먹으면
어느새
너희가 하나씩 와 앉으며
술은 해장술이라고
눈시울 뜨거워지는
어린 나를 가르쳐줄 것만 같다

기다리는 사람

시간도 땡볕에 녹아내리는 오후, 나는
땡볕과 싸우고 있는 사람을 생각한다.
한없이 좁은 곳에서
더운 바람결에도 흔들리지 않고
사람을 기다리는 사람을 생각한다.
기다리는 것이 간절한 일이기 때문에
비 오듯 흐르는 땀줄기도
얼어붙는 숨결도
뼈째 덜덜 떨리는 아픈 소식도
기다림을 위하여 싸워내는
그는,
지난겨울 찬바람에도 흔들리지 않던 사람
어제의 꽃바람에도 흔들리지 않던 사람
몇 년이고
몇 년이고
흔들림 없이
기다리는 사람이 올 것을 믿고 기다리는 사람
기다리다

해가 저물고 밤이 와도

그만 접고 일어나 돌아가지 않는 사람

기다리는 그 자리 외엔

그 마음이 돌아갈 곳이 없다고 생각하며

때론 속으로 흘러 굽이치는 눈물도

솟구치는 분노도

이를 악물면 싸워낼 수 있고

기다리면

기다리는 사람은 반드시 오고야 말 것을

생각하고, 또 생각하는 사람

나무가 뿌리를 내릴 때

나무는 바닥이 없다

막다른 바닥이 없다

하늘 위로도
뻗고

땅속으로도
뻗고

뻗을 수 있는
모든 가능성을 연다

바닥이 없다는 건
움직일 수 없다는 것이지만

바닥을 보이는 것들은
움직이지만

움직이지 않고
신념을 지키는 사람은 눈물겹다

눈물겨운 것은
신념이 아니라 지키는 것

무엇을 지키건
지키겠다고 뿌리박은 사람들을

잊지 말라고

나무는 바닥이 없어서
꽃을 피운다

반행목(伴行木)

－함께했던 나무들을 호명함

동구 밖 과수원길 노래 불러주던 아카시아나무 꽃무더기 위에

한여름 들길에서 바람 부는 방향을 찬찬히 일러주던 미루나무 꼭대기에

연탄 리어카 밀어주며 힘내 힘내라던 버즘나무 넓은 이파리 뒤에

일주문 너머 두 줄로 엄정히 도열하였던 샛빨간 단풍나무 아래

관악산 바위 위에 앉아 시흥, 독산동, 말미, 방미길을 굽어보던 소나무 등걸에

일거리를 놓치고 돌아오던 굽은 등에 가만히 그늘 얹어주던 모과나무 아래

알맞게 잘리어 쏟아지는 흙을 떠받치던 무명의 토류목 뒤에

파란 신문 배달 자전거 토닥토닥 맡아주던 노란 은행나무 아래

붉은 땅 푸른 보리밭 너머 엄청나게 컸던 늙으신 팽나무
안에
봄바람 분홍 바람에 쓸리어 꽃이파리 몇몇 날 흩고 하늘
가리던 살구나무 앞에
가시 날카로운 검은 딸기 넝쿨을 뚫고 쭉쭉 일어서던 젊
은 오리나무 숲속에
아이들의 나쁜 꿈을 막아준다던 검은 딱총나무 뒤에
감은 새벽길 검은 밤길을 밝혀주는 하얀 자작나무 옆에

함께 그 길을 걸어주고
울어주고 웃어주고 빈 술잔을 채워주고 토닥여주던
언제나 곁에 있어주었던 나무들 이름을
하나하나 나직이 부르며
혹시 오늘 출석하지 않은 그늘진 나무가 있지는 않았을까
네 이름조차 잊은 내가 되진 않았을까
세고 또 세어보는 반성

사당동 족발 형님과
오향장육 김치찌개 형수님

사당동 태평백화점 앞에는 형님이 계신다
사람이 흐르는 거리
전봇대처럼 말뚝 박고 서서
족발을 썰어놓고
흐르는 사람 속에 혹시 이 아우가 없는가
지쳐서 어디로 가는지도 모르고 흐느적
흘러가고 있지는 않은가
제 살을 깎아 쌀 팔아 오느라
이 밤도 구석진 어디서 울고 있을까 봐
호랑이 눈썹 밑에
아랫목에 묻어둔 밥주발 같은 눈으로
아우가 올 때까지
사흘도 기다리고 닷새도 기다리시는 형님

소주 두 병 사 들고 사당동엘 가면 형님이 계신다
오는 손님마다 붙잡고
내 아우요 싱글벙글 자랑을 하신다
아우가 뭐 하는 사람인지 아무도 관심 없는데도
내 아우요 내 아우요

세상 다 가진 것처럼 기뻐하신다

형님네 족발 탁자 모퉁이에서 소줏잔 기울이다가
포장마차 위로 갑자기 비가 쏟아지면
먼지 구뎅이 세상이 쏴 쓸려나가는 득음을 하게 된다
그 우렁찬 소리에 맞춰
소주 한 잔 털고
족발 김치 썰어 형수님 뚝딱 만들어준 오향장육 김치찌
개를
한 입 떠 넣으면
아아, 추운 거리가 따뜻한 아랫목이 되고
빈필하모닉오케스트라 베토벤 교향곡 부럽지 않은
웅장한 고향이 들린다

지치는 날엔
소주를 두 병만 사 들고 사당동 형님을 찾아가시라
그대도 내일부터 형님이 기다리는 아우가 된다
서울 한가운데
불 켜놓고 언 아우를 기다리는 그대의 아랫목이 생긴다

개미

주식시장이 개미에게 열리면서부터
자본과 노동을 한 몸에 갖게 된 개미들은
자기가 자본가인지 노동자인지 헷갈리기 시작했다.

컴퓨터의 발달로 로또 시장이 엄청나게 커지면서
큰 소비자가 되는 꿈에 취한 사람들은
로또를 사는 게 투자인지 착취인지도 몰랐다.

노름방에서 밤새 골 빠지게 노름을 해봐야
돈은 노름방 주인이 다 가져가게 되어 있는 것처럼
주식시장이나 로또나
개미의 돈을 놓고 자본이 돈을 먹는 구조다.
개미 돈 100을 모아
자본이 50, 세금 40, 나머지 10은 개미에게 돌려준다.

살 깎아 벌지 않고 부자가 되는 꿈은 전부
도박인데,
도박은 돈을 빼앗기기만 하지 따는 건 할 수 없다.

주식, 카지노, 로또가 사기인 건

  칼 들이대고 뺏어가는 게 아니라

  스스로 주머니를 털어 바치게 하기 때문이다.

  하지만 이것들은 놀랍게도, 합법이다.

  미친 정부가 국민을 상대로 합법 노름방을 열어놓은 것
이다.

  노동자는 착취를 당한다는 말도 뺏겼고

  노동의 꿈도 뺏기고

  노동자라는 말도 뺐겼다.

  뺏긴다는 말도 뺏기고 나면

  진짜 개미처럼 일만 하다 죽는 날이 올지도 모른다.

한 사람

한 사람이 서 있다
비가 오고 바람이 불었다
날이 개고
비가 오고 바람이 불었다
나무가 부러지고 쓰러지고 날아갔다
빗소리 바람소리 흐느끼는 소리
어둡고 젖었으나
못 박힌 것처럼 한 사람은 서 있다

날이 개고
햇살이 촘촘히 비추었다
새들이 몰려왔다 몰려갔으나
서 있는 사람에게선 작은 잎 하나 나지 않았다
낡은 홑겹마저 삭아갔다

쉬지 않고 일했으나
낮에도 밤에도 비가 와 어두웠다
바람은 비닐 막을 찢어 날렸고

어둡고 추워

빗소리를 타고 내리는 울음소리가

바람에 날려가는 신음 소리가

잇새를 빠져나오던 휘파람처럼 지나가도

비가 오고 바람이 불었다

날이 개고 비가 오고

한 사람이 서 있다

약장수

니들이 어찌 알겠나. 휩쓸리는 보통들의 맵고 신 삶을. 아프다고 니가 진단하면 나는 아팠고, 교회에 길이 있다 하면 교회에 가보고, 맑스가 길이라 하면 맑스도 따라다녀보며, 어떻게든 사람처럼 살아보려고, 낯선 부끄러움도 무릅쓰고 기어서라도 따라가려던 그 마음을. 손가락으로 길을 가리키다 틀리면 너희는 금방 변색했지만, 손가락 따라 이리 뛰고 저리 뛰던 발들은 부르터 피 흘리는 것을. 어린것이 춥다 배고프다 할 때도 조금만 참자 이것이 참된 길이란다 달래며, 달래지지 않던 불안과 쓰린 속을. 헐은 옷을 여미고 점심을 아껴 바친 돈으로 너희가 좋은 옷을 입고 다니는 것을 보면서도, 이 길을 가면 나도 사람다우리라 믿은 것을. 너희는 천국이라는 약을 팔았고, 어리석게도 나는 인생과 노고를 바쳐 그것을 산 것을. 병은 낫지 않았고, 아프다 아프다 그 믿음이 병이었음을.

이젠 믿지 않으리라. 천국을 팔든, 법과 정의를 팔든, 민족, 문학, 역사를 주섬주섬 파는 그 모든 약장수를 믿지 않으리라. 믿음이 병이었으니. 믿지 않으면 아프지 않으리라.

나의 이야기를 쓰고, 나의 방식대로 싸우고, 나의 천국에서
쉬리라.

지옥도(地獄圖)

살아서 죄가 많으면 지옥엘 간다지

창자는 꺼내 소금에 절여지고

입술을 꿰어 묶이고

알몸으로 매달려 겨울바람 찬 눈에 살이 터지면

붉게 달궈진 석쇠에 얹혀 몸 비틀며 살 타는 냄새

갈기갈기 찢겨지고

냄새나는 이빨에 물려 질겅질겅 씹히고 나서

알코올에 잠겨 굳은 몸 풀리면 토해진다지

살아서 얼마나 많은 죄를 지었길래

황태여

사무직 2

분노는 먼지처럼 쌓여 조금씩
굳어가고 있었다 이 분노 때문에
나는 기어이 화석이 되고 말 것이다
나는 알고 있다
내가 하는 일이 미궁을 만드는 일이라는 것을

날은 저물고 어둠 깊은데
흰 성벽처럼 나를 둘러싼
단단한 서류 뭉치는 문이 없다
굽어진 등은 배기고
손가락도 떨리고
숙제를 다 못한 어린 날처럼
사무실은 넓고 멀고 아득하다

나는 알고 있다
내가 하는 일이 사슬을 만드는 일이라는 것을
그 사슬에 내가 먼저 묶여 일하고 있다는 것을

제3부

하피첩(霞帔帖)

할아버지의 꽃

늙은 매화나무는
재잘재잘 정신없이 피어오르는
꽃몽우리들이
좋다

하피첩(霞帔帖)*

문밖에 눈 오는데 발자국 없다
낮은 처마에 시린 눈 얼고
나무들 어둠에 섰다
흐린 불빛에 날리는 마음 드러나고
켜켜이 덮이는 눈에 긴 그림자 묻을 수 없어
다산(茶山)도 이런 밤에 글을 썼겠지
긴긴 밤 한 자 한 자 눈이 오는데
비단 치마 자르는 소리 하염없이 쌓인다

문밖에 눈 오는데 그치지 않는다
돌아보면 양파껍질처럼 슬프고
겹겹 외투 다 벗고 나니 아무것도 없다
소리를 감추어도 흐린 불빛에 들키는 눈물
발 시린 긴 그림자 묻을 데 없어
함께 짜던 비단 치마 잘라 책을 엮으니
긴긴 밤 한 자 한 자 눈이 오는데
고운 발자국 소리 하염없이 쌓인다

* 하피첩(霞帔帖) : 1810년 제작. 다산 정약용 쓰고 엮음. 31년 전 새색
시의 다홍치마는 바래어 노을빛이었다. 부인 풍산 홍씨 혜완은 병
색이 깊어, 생전에 다시 보기 어렵겠지요. 치마와 함께 편지를 부쳤
다. 유배지의 다산은 이 비단 치마를 잘라 글을 쓰고, 노을 하(霞),
치마 피(帔), 책 첩(帖), 하피첩이라 이름 지은 책을 만들어 집으로 보
냈다. 그립다고 치마를 보낸 아픈 부인의 절절함에 그립다고 화답
한 다산의 방식이 하피첩이다. 그립다 표현하지 않고도 그립고 애
틋함을 그렇게 소통한 것이 하피첩이다.

그리운 거인

힘내라 내 어깨 짚어주고 가시는 이
그리운 거인
손이 내 등짝만 해서
나무껍질 같아서
껄껄 웃으며 연신
잘 할 수 있지? 아무렴
아무렴, 흔드는 손끝에 매달고 멀어져서

어쩔거나 마음을 다친 날엔
빗속에 갇힌 밤 밝도록 기다려주시고
갑자기 무언가 한 꾸러미 싸 들고 오셔선
바쁘다, 구부러진 등을 인사로 돌아가시던 이
문득 종이에 접혀 날아와선
옹졸하지 마라
혼자만 사는 세상 아니다
잘 지내냐 맨날 하시던 그 소리만
가슴 깊이 새겨놓고

멀어져서
멀어져서
그리운 거인
주름투성이 얼굴이
한 번도
울지 않으시던

엄마 생각

엄마가 보고 싶으면
나는 엄마를 보러 갔다
집 뒤 골목을 내려가
국수가게를 지나
만화가게 앞에서 한참
청수약국 사거리를 건너
문방구 창에 붙어서 한참
철조망을 친 성당 놀이터를 지나
(그 놀이터는 꾀죄죄한 아이들은 들어가면
혼나는 놀이터였다)
길 건너 문화원은 서예 전시회를 했는데
들어가서 한참을 보아도 괜찮았어서
액자 족자에 쓰인 글씨를 읽지도 못하면서
다리가 아플 때까지 들여다보았다
냉차 리어카를 지나
질척한 시장길
무거운 짐 실은 오토바이, 십자가를 진 고무줄 장사가 지
나가고

수없이 많은 수직 기둥들 사이

그 어느 틈새에

드러누운 고등어 갈치 몇 마리 놓고

쪼그려 앉은 엄마가 있다

봄

천수관음께서
천 개의 손끝에 피워 올린
천 송이 매화꽃

문수보살의 사자걸음마다
피어난 수선화

언 땅 녹아
꽃대 뽑은 냉이는 지장보살

등 기댄
헌 집 헌 담 옆 헌 개울가에
새 물 오른 버드나무
낭창

긴긴 겨울 끝 문고리 연
혼자 사는 늙은이

보이는 것마다

나무관세음보살

빈손

아버지의 손이 제일 부자였을 땐
밤새 집을 때려 부수고
도시락 대신
빵 사 먹으라고 백 원짜리 동전을 내밀던 그때였다.

장군 대신 목수였던 아버지
나무를 잡기 위해 쇠를 갈고
혼자선 무거워 들지도 못하는 원목 상을 짜다가
젊은 나이에 망한 아버지

어느 날 펼쳐본 걸레가
아버지의 구멍 난 난닝구여서
아버지 옷을 걸레로 쓰면 어떡하냐고
할머니께 볼멘소리를 할 만큼 나는 아버지를 사랑했다.

연탄 장사도 하고
밭을 얻어 배추 장사 무 장사도 하고
축에 몰린 대마처럼 사신 아버지

얼었다 녹을 때마다 나이테 한 줄씩 새겨서
온몸이 나이테가 되신
일흔여덟 아버지의 빈손을
나는 아직도 힐끔거리며
백 원짜리 하나 더 가지고 계시기를 기도한다.

강가에 자갈을 내려주고 흘러가는 강물을 바라보듯

상갓집

마른 밥물이 되신 할머니의 상갓집
마당엔 알전구가 환했다.

사고로 작은아들을 잃고
밭, 아니면 술 앞에만 앉아 있는 사촌 매형
─세상이 재미가 없더라
억척등성이 너머 억척밭 억척이랑에서
땅강아지가 된 매형.

밭돌멩이 같은 손이 따라주는 슬픔은 맑았다.
악착같이 우는 벌레 소리, 밤 그늘에
취하지 못하고 텅 빈 탄피만 쌓여갔다.

두어 상(床) 건너 화투 치는 패의 웃음과 탄식이
뜨고 다시 잠기는
버려진 부표처럼
왁자했다 고요하고 다시 왁자했다.

세상도

그저 왁자한 것으로 슬픔을 잠재운다 싶은 생각이

서늘하였다.

돌아가는 길에

빌딩마다 내걸린 조등, 조등(弔燈).

소

큰 마당을 지난 안개가 모라골 논둑 어정거릴 때쯤
새벽을 베어다 가마솥에 안치고 쇠죽을 쑤던 형님
구들이 뜨거워 잠을 깨 나가보면
아궁이 가득 넘실대던 형님
새마을 모자를 쓴 4H 청년회장이었던 형님은
'농촌 지도자의 집'이라 쓰인 철딱지가 박힌 대문간 사랑
방에서
화로에 막걸리를 데워 마시고
재 위에 글씨를 쓰면서 혼자 무슨 생각에 골똘하곤 했다
하루 종일 일 년 내내 일을 하고도
싫다 지겹다 할 줄 몰라서,
머슴도 상머슴이고 일꾼도 큰 일꾼이라고
온 동리 사람들 엄지를 세워 들었지만
시집 올 여자가 없으니 술을 많이 마셔서 눈이 빨갰었다
소하고 술을 나눠 마시다가 캄캄한 밤
마흔 총각으로 명을 놓아버린 형님
형님이 여물을 썰던 작두도 녹이 슬었고
장작을 패던 도끼도

외양간도 허물어지고
사랑방도 아궁이도 화로도
형님은 소를 몰고 멍에와 쟁기까지 가지고 갔다
새마을 모자도 가지고 갔다
형님도 새마을도 소도 없이
농협이 농사짓는 세상이 되었지만,
소는 무섭지 않다고 쓰다듬어주라고
어린 내 손을 붙잡아 소머리에 대주시던 형님과
아름드리 단단하던 소머리의 촉감을
손끝이 기억하고 있었다

시래기

가지도 멈추지도 못하는 날 있지.
굳은 새처럼 가만히 굳은 날, 죽어라 달려도 닿지 못하
는 날,
형님의 사진에서 말라가는 시래기를 들여다보다
시든 줄기조차 부러진 시래기가 남몰래
깊은 맛을 품어간 것을 생각하였네.

허공의 냉기와 그늘 속에서 시들고,
빡빡 문질러져 단단하던 줄기마저 꺾이고,
제 지니었던 억센 천성 다 빼앗기면서,
시들시들 시들어간 시래기가 오래오래
물기를 말려가며 품어온
맛이라는 게 있었던 것을 생각하였지.

비로소 제 속을 풀어내고 연해진 시래기가
뜨거운 국물이 되어 얼어버린 빈속으로 들어가면서
밥은 꼭 먹고 다니라고
살아 있으면 맛이 나는 날도 있다고

아픈 창자도 짜르르 훑어주고
시든 등도 쓱쓱 쓸어주던 것을 기억했어.

이제 끝이다 싶을 때 몽우리 툭 터트리는 게 꽃이야.
살 찢어져 꽃은 피고, 입안 헐어 꽃이 피고,
신경이 온통 터진 꽃에 집중된 그 순간에,
살아야겠다는 이름의 꽃이 피더라.

시들시들 시들어가더라도 남몰래 품은
맛은 잊지 말라고
뜨거운 시래깃국에 성가시게 찬 눈을 말아 먹으면서
눈송이처럼 뜨거워지는 것도 있다는 것을
사진 한 장 들여다보며 생각하고 생각하였어.

가을볕

볕이 너무 좋아
은행나무를 꼬셔서 술을 한잔한 늙은 감나무가
난 빨간데 자넨 왜 안 빨개지냐고
헬헬헬 웃으며 시어터지는 사이

까르르 웃음이 터져
뛰고 구르던 빨갛고 노란 낙엽들
로드킬을 당하고도 킬킬거리던 낙엽들

돌아가신 지 20년이나 된 할머니
아직도 가을이면
어김없이 마당에 나와 갈퀴 같은 손으로
쓸어 말리시는 빨간 고추
멍석 옆을 돌아
골목길로
쪽
빨려 들어간

가을 한낮
따뜻한 해의 살

지게불(佛)

어떤 사람이 지게를 지고 있었다.

지게에는 어린 자식들이 앉아 있었는데,
낮이나 밤이나 눈이 오나 비가 오나
그 사람은 지게를 내려놓고 쉬지 않았다.

일만 팔천 가지 병에 걸리고
사만 팔천 지옥을 지날 때도 지게를 벗지 않았다.

십 년이 지나고 이십 년이 지나고 삼십 년이 지났다.
그는 늙었고 지게에는 다 자란 자식들과 손자들까지 있
었다.
지게가 너무 무거워서 괴로워진 그가
지게를 진 채로 술을 한잔 마시면, 자식들은
술이나 먹는다고 나무랐다.

그는 생각했다.
어떻게 하면 이 무거운 지게를 가볍게 질 수 있을까.

그는 끝없이 생각했다.

지게를 진 채로 불공도 드려보고

지게를 진 채로 참선도 해보고

지게를 진 채로 이름난 고승을 찾아다니며

이 무거운 지게를 가볍게 질 수 있는 방법을 물었다.

여러 고승들이 지게를 내려놓으라 권했지만

그는 지게를 내려놓을 수 없었다.

지게를 진 채로 지게가 가벼워지기만을 간절히 원했다.

살구꽃이 바람을 따라 흐드러지던 어느 날

그는 지게를 지고 선 채로 열반에 들었다.

시간의 문

늬 아부지 사업 실패하시고 나서
셋째를 둘러업고
자반고등어 몇 손,
다라에 담아 이고 시작한 노점 행상이었다

하루 일하면 이틀 앓아눕던 푸석한 늬 아부지와
고집스러우셨던 늬 할마이를 모시고
추운 겨울 언 동태짝 깨며
얼마나 더 깨야 끝나는지 알 수 없었던
지긋지긋한 비린 목숨을 깨고 또 깨며
엄마가 팔던 등 푸른 고등어는 어린 너희들 목숨 같았구나

빚을 지지 않고는
조기 새끼같이 벌린 늬 넷 마른 입속에
쌀알조차 팔아 먹일 수 없던 세월이었다
빚진다고 늬 아부지한테 매도 많이 맞았고
빚 안 갚는다고 시장 바닥에서 머리끄댕이 많이도 잡혔다

늬 사남매 데리고 살아오던 날들
엄마 가슴에 굵고 큰 갈치 가시가 박히고
오징어처럼 기운 빠지던 일이 하나둘이었겠냐마는
날마다 들어 메치며 깨어도
꽝꽝 언 동태짝 같던 단단한 세월,

자반고등어처럼 너희를 끌어안고
엄마는
이 사람 저 사람 꾹꾹 찔러만 보고 지나가는
안 팔리는 엄마의 인생에
얼음같이 찬 물을 뿌리고 또 뿌리며 싱싱해보려 했지만,
지새는 하루하루가
은빛 잃은 갈치처럼 시무룩이 길기만 했구나

도루묵같이 예쁘던 내 새끼들
잘린 생선 꼬랑지처럼
하루 종일 엄마의 빈자리를 겉돌다
마른 무청처럼 칭얼대는 조막만한 투정이

엄마의 언 얼굴을 때릴 땐

그렇게도 미안하고

어깨는 무겁게 아파왔구나

하루에 한 번 품어보기도 어려운 내 새끼들

이면수 껍데기처럼 검게 갈라진 엄마의 손이 밉다고도

하고

엄마 품에선 비린내가 나서 싫다고 달아나던 내 새끼들

늬들이 그리 컸구나

길었던 세월 토막토막 다 떠나고 남은

갈치 대가리처럼

이 엄마 곁엔 세월이 지나도 변하지 않는

창자처럼 검게 탄 빛만 남았구나

늬들은 다 잊었겠지만,

아직도 끝나지 않은 엄마의 시간이

바늘 같은 이 촘촘히 세우고 입 벌려

기다리고 있구나

제4부

지브크레인 85호의 노래

바다

바다는 완강하고 단단하였다 시간이 불어와

파랑이 일고 물결 주름이 잡혔지만

많은 일을 겪은 노인이 그렇듯 바다도 결코

입을 벌리는 법이 없었다 하나 남은 이를 보이지 않고도

뭍은 바다로 빠져 들어갔고 쓰레기들은 뱉어져

부유했다 품지 않겠다는 뜻이었다 품어진 아이들은

개똥불빛이 되어 바닷속을 날며 놀았다 그 웃음소리가

하늘에 비춰져 별빛이었다 어미와 아비가

그리워 눈물 일렁일 때면 별빛도 흔들려 어디선가

꽃 내음이 났다 아픔은 산 자의 것일 뿐이라고

함박눈이 내리면 누군가는 아무도 오지 않는 길을 쓸었고

아이들이 혀를 내밀어 눈을 받아먹는 동안

빈 운동장 같은 바다 어디서 맑은 종소리가 울렸다

돌담

아우야
너는 싸우고 있었더냐
네 의지와 분노로
밀리지 않는 단단함을 위해

혹시 인정(人情)에 끌려
인고(忍苦)의 시간을 보낸 건 아니었더냐
헛된 부추김에 밀려
망상을 깨지 못하고 있던 건 아니었더냐

잊지 말아라
아우야
서로 어깨 걸어 단단한 돌담을 보았더냐
네가 버텨야 네 동료들도 무너지지 않는 걸
싸움을 어설프게 생각하다간
네가 먼저 도망치지 않을 수 없게 된다는 걸

보도블록이든 돌담이든

빈틈이 보이는 것은
금방 파헤쳐지고
무너지게 마련이란다
아우야
신념이 서지 않거든 싸우지 말고,
싸우거든 빠지지 말아야 한다
네가 빠지는 건 너 혼자 그만두는 게 아니라
네 손으로 동료들을 무너뜨리고 가는 것임을
싸우고 있는 순간에는 네가 기둥이고 주춧돌인 걸
한시도 잊지 말아라

고공에서 피는 꽃

잡초도 권력이 옮겨 심으면 죽는다
권력의 손아귀에 살면서
꽃을 피우고 씨를 남기는 분재(盆栽)는 강자(强者)다

갓 잡아 올린 갈치같이 고등어같이
잡히면 곧 죽어버려야 차는 성미를 참고
철사에 묶여
비틀어진 몸으로 꽃을 맺는

부족한 자유와
피가 마르도록 부족한 바람을 참고
기어이 꽃을 맺고야 마는
분재처럼
짓무른 안개 속에서 홀연히 솟아난 성(城) 같은 사람들

간혹 꺾여야만 할 때에도
멈추지 않고 꺾여나가
마침내 하늘의 목을 쥔

상처투성이 나무의 힘줄은 굵다

누우면 편한
지구의 중력을 이기고
하늘로 올라가 선 고공농성(高空籠城)의
의지는
제 힘으로 닫힌 하늘을 여는 꽃
올려다보아야만 보이는 꽃

그는*

겨울바람 차다. 잘 웃던 그는 갇혀 있다. 아무도
오지 않는다. 찬 왼손을
오른손이 달래고 있을 것이다. 시린 왼발을
오른발이 덮어주고 있을 것이다.
바람을 막는 비닐 한 장을 바람이
쥐어뜯는다. 창살처럼 그는
요지부동 서 있다. 창살 너머 겨울만이
그를 마주 본다. 크고 힘센 손이
그를 꺼내주지 않는다고
슬퍼할 필요는 없다. 그의 감옥은
사람들의 마음에 있기 때문이다. 겨울바람
차다. 모두가 갇혀 있다. 누군가
열 것이다. 흐린 눈보라 속에
작은 입김이
수많은 기억을 불러낼 것이다. 그의 문이
열리는 힘은 기억하고 견디는 자로부터
일어날 것이다. 입김의 어깨를 짚고

입김의 허리를 세우고 입김의

손을 붙잡고.

* 문재인 정부의 특별사면에 한상균 위원장은 포함되지 않았다. 국가
  보안법과 양심수가 있는 나라는 아직 새로운 나라가 아니다.

그 사람*

가장 간절한 사람이 스스로 가장 과격할 것이다
그 사람에게는 옆도 뒤도 보이지 않을 것이다
천 리 길 한 달을 소 타고 온 사람처럼
천 리 길 열흘을 트랙터 타고 온 사람처럼
여기서 뒤돌아서면 죽는 사람과
멈추면 다 무너지는 사람이 있어
이 더러운 나라가 숨을 쉰다
분해서 주저앉아 울다가도
태연히 조여오는 시간을 생각하면
눈물자국 얼룩진 눈도 부릅떠지고
주먹이 부들부들 떨리는 사람
아직 아무도 오지 않은 어둡고 빈 광장 새벽 두 시에
권력과 억지의 벽을 뚫고 기어이 도착한 사람
거친 그의 숨결 하나가
이 나라의 숨소리다
가슴을 찢으며 파고드는 숨소리
그는 돌아가지 않을 것이다
다시 열흘을 트랙터 덜덜거리며 가는 길은

천 리에 천 리를 보태 나아가는 길

광장을 통째로 떠메고 돌아가

바꾸지 않으면 죽을 것이라고

수없이 메질하느라 텅텅텅 뛰는 그의 심장 소리를 들으며

소처럼 우직한 그의 숨소리를 들으며

그가 떠메고 간 광장의 찬바람이

불길보다 뜨겁게 다시 불어올 것을 안다

간절한 사람이

가장 진실한 사람인 것을 안다

* 2016년 11월 26일 백구십만이 모인 광장의 집회가 평화로 가득하던
  날, 열흘 온 찬 길이 경찰의 억지에 막히고, 깃발도 트럭도 트랙터도
  뺏긴 빈손으로, 피가 터지고 속이 터지고 손은 얼어 곱은 새벽 두 시
  에, 포기하지 않고, 돌아가지 않고, 기어이 광장에 집결한, 그 간절
  한 농민군 30명을 보았다. 전봉준이었다.

500일

공장 밖이었다
그늘막 친 담벼락에 붙어 구부러진 잠을 잤다
이기고 돌아갈 꿈을 꾸었다

모기와 싸우고 쌀과 싸우고
가실 줄 모르던 갈증과 분노와 싸우고
아사히글라스 일제 기업과 싸우고
벽 같던 구미 시민과 싸우고
구미시청과 싸우고, 싸우고, 또 싸웠다

말뚝 한 개 회사 땅에 들어가면 소송이 걸렸다
투명한 유리벽이 점점 두꺼워지고
바람 불면 날리는 텐트 한 장이 점점 무거워지고
밀리고 또 밀려나고 아프게 했지만
내 가족에게만큼은
무너지지 않는 성이 되고 싶었다

파아란 하늘이
사람을 더 서럽게 하는 날도 있다는 걸 알았고

힘을 모으지 않으면
눈물은 아무도 모르게 깨져버리는 마음이라는 것도 알
았고
묵묵한 가족에게 미안해
파열하다 너덜해진 속을 꿰매는 것도
뜨거운 투쟁이라는 걸 알았다

—춥지?
—조금만 더 기다려
—아빠가 금방 텐트 세워줄게

잘린 팔, 찢어진 가슴, 부러진 목,
악몽에서 악몽으로 이어진 500일의 꿈과 눈물,
그러나 그 모든 것을 잇고 이어서
기어이 세워 올려야만 하는 텐트가 있다
기어이 다시 서야 하는 아빠가 있다

가난한 아빠, 해고자 아빠가
더러운 권력과 권력의 야합이 밟아 뭉개려 하는

－구미, 아사히사내하청노동조합!
노동조합 사무실을 세우고
흩어진 노동자를 묶어 세우고
끝내 싸워 노동자의 땅으로 돌아가야 한다

보아다오, 아빠의 싸움을,
부러지고 찢어지고 남루를 걸쳤으나
한번도 무릎 꿇지 않았던 이 노동자의 의지를!

기억해다오,
500일간 수없이 철거되고 다시 세운 텐트를!
수없이 철거되고 다시 세운 마음을!

그리하여 함께 외쳐다오,
기어이 투쟁, 오직 투쟁만을!

투쟁!

밀양 할머니

쏟아지는 겨울볕을 내다보는
할머니 눈동자엔 철탑이 박혀 있다

고사리처럼 순하게
구절초처럼 살아온 할머니

꺾이지 않으려고
평생 처음 목에 쇠사슬 걸고 싸운 할머니

투쟁에 늙은 나이가 어딨냐고

굽은 등에 철탑을 지고
동지(同志)에게 마실가는 밀양 할머니

고(故) 백남기 선생님

햇살이 하얀 쌀처럼 논둑에 쏟아질 때
잔 민들레 환히 피어 흔들리면서
이 좋은 날 할아버진 어딜 가셨나
햇짐 지고 자박자박 지나가시다
눈 맞추고 허허 웃어주실걸

하얀 쌀 대신 캡사이신이 광장에 쏟아질 때
쌀 값 약속 대신 망치 같은 물대포로
할아버지의 머리를 때렸을 때
국가도 대통령도 하얀 포말로 바닥에 흩뿌려지고
국민들의 어떤 믿음도 무질서해진 시간

도열한 하얀 국화꽃만이
이 나라에 남은 단 한 가지 진실일 때
징— 징— 징을 치시며
입 벌린 생명들아 밥을 담아라
따뜻한 밥 담고 따스히 살아라
제 힘, 제 땀으로 사는 것이 제일 예쁘다

흙을 파던 뿌리 같은 손으로
처진 등을 두드려주시는

이 좋은 날 할아버진 어딜 가셨나
햇짐 지고 징 – 징 – 징을 치시며
도열한 국화꽃 한 가지 질서로부터 가자
하나씩 하나씩 걸어 나가자
차벽이 질서가 아니고
대통령의 약속이 진실이 아닐 땐
태풍에 쓰러진 논처럼
슬픔을 이기고 일어나 한 묶음 한 묶음
다시 세워나가야 쌀이 된단다

징 – 징 – 징소리
쓰러진 벼를 일으켜 세우는
할아버지 목소리
논둑을 따라 거리를 따라 하얀 쌀처럼 쏟아지는
징 – 징 – 징이 울리는 소리

평화의 섬 제주 강정
— 2015. 1. 31.

평화의 섬 제주의 남녘 바닷가에
봄바람에 잠든 아가 고양이처럼 작고 작은 마을
강정마을 있어요

붉은발말똥게, 맹꽁이, 제주새뱅이, 기수갈고동, 은어가
웃는 주름 순하시던 하르방 할망과 같이 살고
마을 앞 밤섬 바다에 남방큰돌고래 떼 뛰놀며
세계 최대 연산호 군락지가 있는 곳

한라산 흰 눈 녹아 흐르는 시냇물 맑아
낮잠 푸른 하늘에 은빛 물결 자맥질하며 떠가고
노란 꽃길 파란 바다로 구불구불 놀러 가는 마을

강정에 가시거든 잊지 마세요
군홧발에 짓밟히던 머리 하얀 하르방이
철조망을 휘감고 피 흘리며 울던
2015년 1월 31일 밤
군인과 경찰과 용역들이

굶주린 하이에나처럼 몰려와 평화를 물어뜯던 밤
강정에 해군 기지 지어지거든
평화의 무덤이라 이름 짓고
카지노, 모텔이 밤하늘을 찌르는 그들의 환락을
오래오래 아픈 눈으로 바라보게 될 거예요

찢어진 그물 사이에 낀 바다가
포말처럼 하얀 하르방 울음소리를 품고
엎치락뒤치락 자꾸 출렁이며
시퍼런 슬픔의 날에 제 가슴 베이는 소리,
오래오래 아픈 귓전에 사그라지지 않을 거예요

강정마을을 지켜주세요

굴뚝 아래 장작
— 쌍용자동차 해고노동자 복기성 님에게

한때 나도 꽃 피우던 싱싱한 나무였네
잘리고 쪼개져
이 겨울, 공장 밖에서 말라가지만
웃음꽃 피우던 나의 노동은
훈장처럼 내 가슴에 새겨져 있네

꽃을 피우고 싶네, 다시 한번
눈 감으면 손이 따라가는 작업 공정을
찬 손 잡아주던 야근 커피의 따스함을

꽃을 피워 오겠다던 벗은
70미터 굴뚝 위에서 말라가고
벗을 지키는 나는
굴뚝 아래에서 말라가지만

야근이 끝나고 공장 문을 나서던
그 어느 새벽인 것처럼
오늘 밤도 나는

공장 문밖 난로에 장작을 넣으면서
마른 불꽃이 피워내는 아름다운 이야기를 듣겠네
활활 타오르는 꽃을 보겠네

누룩꽃 투쟁
— 부산 생탁 민주노조 투쟁에 바쳐

꽃은 누룩꽃뿐이라,

하늘은 노오란 하늘뿐이고.

공일날은 밥 읎다꼬 고메 한나 묵고 일하라 카이,

쌔가 만발이 빠지능기라.

우덜 몸땡이 억수로 헐타.

미끄런 공장 바닥에 자빠져 다치믄,

"나가라! 일할 사람 천지빼까리다!" 케쌋코,

관리자 말은 퉤 뱉으면 법이라카이,

벙어리 시집살이 하듯 씨껍묵어도,

상주가 되가 흰살키 상복이 아롱아롱해도,

인생 종살이 만다꼬 눈물 짜게 서럽겠드나

그쟈, 늙은 노동자들 등을 쳐묵으면

짠하지도 않드나,

부산 바닥 돈으로 침대 깔고 자는 사장덜이

추집거로 그기 뭐꼬?

환갑 되어 배우고 민주노조를 만들었다

126

가난한 시간에만 콕 박혀 살았던 우리,

희끗해진 슬픔을 안고

시청 광고탑에 오른 늙은 노동자가 외친다,

근로기준법을 지켜라!

세상처럼 무거운 생탁통을 지고

허리가 끊어지도록 지고 날라도 날은 밝아오지 않았다.

막걸리처럼 끓어오르던 힘든 날들

온몸이 아파도 설움보다 더 아픈 곳이 없었다

이 싸움, 일한 돈 돌려달라는 이 싸움!

이 싸움, 법대로 하자는 이 싸움!

끝도 못 보고 가버린 덕진 아저씨가

죽어서도 막걸리를 배달할까 두렵다

생탁은 진덕진 동지의 피가 만든 술이었다

생탁은 지하 300미터에서 밤새 앓던 통증이 빚은 술이

었다

  늙은 노동자의 눈물이 흘러

막걸리통 바닥에 가라앉는 걸 보아라

노동조합을 몰랐다면
통증에 깔리고, 서러워 울면서, 죽음의 한탄을 했겠지.
우리가 50년 동안 몰랐던 법,
우리에겐 50년 동안 지켜지지 않았던 법,
근로기준법을 지켜라!

생탁은
늙은 노동자의 죽음이 그늘진 서러운 술이다.
문 열어라!
공장을 들어가는 내 뒷모습이 보인다.
문 열어라!
우리가 만든 막걸리가 부산에게 용기가 되었거든,
이제 부산 시민들이 우리에게 용기가 되어다오!
반드시 우리가
막걸리 익어 건배하는 날을 보리라!

단디 하재이!

누룩꽃! 투쟁!

* 밥 읎다꼬 고메 한나 묵고 (밥 없다고 고구마 한 개 먹고)
  쌔가 만발이 빠지능기라 (얼마나 힘이 드는지)
  우덜 몸땡이 억수로 헐타 (우리 부려먹는 값이 얼마나 싼가)
  자빠져 (넘어져)
  천지빼까리다!"케쌋코 (많다!"고 배짱이고)
  법이라카이 (법이었으니)
  씨껍묵어도 (야단을 맞아도)
  흰살키 (하얀)
  만다꼬 눈물짜게 (왜 그리 눈물나고)
  그쟈 (그래)
  짠하지도 않드나 (마음이 아프진 않던가)
  추집거로 그기 뭐꼬? (좀스럽다 생각 들진 않던가)
  단디 하재이! (투쟁!)

부산 반빈곤센터 윤응태

인양해야 하는 배는 점점 더 깊이 가라앉아

철거를 반대하던 사람은 철거되고
빈곤을 반대하던 사람은 빈곤으로 죽었다

간절해도 통하지 않는다
간절하면 죽는다

지푸라기 같은 희망도 없다
죽었다 간신히 사는 일상 속에서도
침몰된 스스로를 구하기 위해 할 수 있는 일도 없다
눈물을 훔칠 빈주먹조차 부족하다

빈곤은 누구의 책임인가
빈곤에게 할 일을 주고 나서
일을 안 한다고 손가락질할 수 있는 자는 누구인가

빈곤을 만든 사회의 공모는 부당하다

빈곤을 방치하는 사회의 정의는 부실하다
빈곤은 사회의 정의를 재는 자[尺]다

빈곤을 벗어나기 위해
빈주먹으로 빈곤과 싸운 사람

반빈곤의 대표이자 빈곤한 자들의 대표,
윤웅태
빈곤한 나라에서 빈곤에 잠들다

부산정관지회

한번도 가본 적 없는
작은 공장들, 멀고 먼 부산 어느 마을에
초가을 저녁 들판 반딧불처럼
모여서 더 환한 노동조합이 있답디다, 정관지회.

거기는 노동자들의 나라
오래도록 정직했던 착한 깃발이 나부끼기를 멈추지 않고,
바닥 냉기를 막아주는 스티로폼도 따스함 버리지 않아,
차례차례 순번대로 철야 농성을 한답디다.
밤 이슥토록 찬 쏘주 한잔이 용기를 주면,
낡은 공장 담벼락을 돌아 두런두런 밝아오는 새벽까지
날마다 서로 믿는 눈빛 흐려지지 않고

거기는 노동자들의 나라
우리는 소처럼 일하였으니 사장도 약속을 지켜야 한다며
천막을 치고 농성을 하는 데,
늙은 노동자, 젊은 노동자 한결같이
무쇠를 내리찍는 게 날마다 일인 사람들이랍디다.

착하기는 황소 같은 두 눈에서 눈물이 두룩두룩 떨어질
것만 같고
뚝심 쎈 두 팔뚝에는 노동이 기록되어 지워질 날 없는 데,
거짓말하는 건 절대 참을 수 없어
간부들보다 조합원이 먼저 농성 천막에 가 앉는 나라
거기는 노동자들의 나라
쉬지 않고 정직하게 나부끼는 깃발을 믿고
쏘주 한잔에 정을 나누는 동지를 믿고

산을 넘고 들을 지나 강을 건너가면
조그맣고 조그만 불빛이 있으리니,
낡은 담을 에돌아 올 새벽을 기다리며
날마다 꺼지지 않는 천막이 하나 있으리니,
한번도 가본 적 없는 정관지회.
불쑥 들러도 등 두드려 맞아줄 사람들 있어
무쇠를 찍던 손으로 다숩게 잡아줄 사람들 있어
보이지 않아도 다 알 수 있는 따스한 나라
거기는 노동자들의 나라

지브크레인 85호의 노래

– 금속노조 부산 한진중공업 김주익 지회장의 죽음에 부쳐

동지들, 이제 내가 죽었다고 해서
이제 내가 보이지 않는다고 해서
내가 떠났다고 생각하지 말아다오.
가투를 나갈 때나
단체협상에 임할 때나
천막을 치고 농성에 들어갈 때에도
혹시 빠진 머리띠 하나 없는지, 챙길 때
나도 챙겨다오.
언제나처럼 다가와
오늘의 투쟁 계획을 말해주고
함께 가자고 내 등을 두드려다오.

지브크레인 85호!

이것은 이제 노동자들의 영원한 동지로서
다시 태어나는 나의 이름이라 불러다오.
이것은 쇳소리 나게 살았던 이 땅의 노동자로서
죽거나 폐인이 되지 않고는 공장을 떠날 수 없었던

뼈아픈 노동자의 쇳무덤이라 불러다오.
언제나 동지들과 함께
이 하늘을, 이 싸움을 지키고 있겠다는 나의
파아란 결의라 믿어다오.

동지들, 임금 몇 푼 올리는 일은
언제나 이렇게 목숨을 걸어야 하는 일이라 기억해다오.
우리는 목숨이 무서워
안전시설에 더 많은 투자를 요구하고,
목표 달성에 쫓겨 잃어버린 시간을 요구하고,
얼굴을 보며 아이들을 키울 수 있기를 요구했을 뿐이지만,
노동자의 말은
저들의 이익을 헐어야 하는 일이기 때문에,
저들은 죽음을 지우는 값으로
십 원, 이십 원을 먼저 저울질하는 자들이기 때문에,
피로써 싸워야만 하는 일이라 기억해다오.

그리하여 동지들, 지브크레인 85호를 볼 때면

아이의 손을 잡고 놀러 가는 가장의 웃음소리를 들어다오.
이 파아란 가을 하늘 아래
파란 작업복의 쇳덩어리 사나이가
투쟁, 투쟁을 메아리치는 소리를 들어다오.
동지들의 어깨와 어깨 사이에
문득 돌아보면 같이 어깨 걸고 노래 부르는
지브크레인 85호를 보아다오.

손해배상, 가압류, 압류로 이어지는
날카로운 겨울의 시선.
상상 속에서조차 아이들은 들어올 수 없는
이 나쁜 거인의 정원에
우리들, 노동자의 아이들이 들어오는 꿈을 꾸며
용접기에, 철판 위에, 메마른 식판 위에
웃음꽃이 무장무장 피어날 때까지,
구멍 난 작업복끼리 어깨 걸어 서로를 기워주며
노동의 무덤가에 그리운 꽃, 피워낼 때까지,
동지들, 내 이름은 지브크레인 85호라 불러다오.

등의 시간과 화쟁의 숲

정우영

1.

새삼 시를 다시 생각한다. 시가 뭘까. 시는 무엇을 할 수 있을까. 아무것도 할 수 없을 것 같기도 하고 뭐든 할 수 있을 것 같기도 하다. 채워야 시가 되지만 비우지 않으면 사라진다. 한편으론 무겁고 한편으론 한없이 가볍다. 종잡을 수 없을 만큼 어지럽다. 마성이되 순정한 삶 아니면 헛것이다. 그런 점에서 시란, 순연한 통증들의 연속이다. 그런데도 시인들은 이 시라는 걸 붙들고 한 삶을 건너간다.

박상화 시인도 이와 다르지 않아 보인다. 오랫동안 시를 앓고 있는 것 같다. 시를 넘겨받기 전까지 나는 박 시인을 전혀 알지 못했다. 이력을 보니 과거에 한 번쯤은 서로 맞닿았음직하나, 내 기억에 남아 있는 장면들은 없다. 따라서 현재까지는 시만이 그와의 유일한 소통 면이다. 그래서 참 자유롭다. 눈치 보지 않아도 된다.

하지만, 그의 시가 만만치 않다는 점이 나를 뒤척이게 한다.

시를 만나고자 할 때 나는, 그 시의 공간을 열기 위해 시를 몇 번씩 들여다본다. 시인의 품성과도 같은 시의 결을 확인하는 작업이므로 몹시 조심스럽다. 이러한 접근 방식은 필연적으로 예민함을 불러들여서 자꾸 읽다 보면 대개는 작품 수가 줄어든다. 한 시집 속에 같은 사유의 변주가 적잖이 들어 있는 까닭이다. 이러한 과정을 몇 번 거치지도 않았는데 고인 시들이 몇 편 남지 않았을 경우에는 상당히 당혹스럽다. 또 다른 눈을 세워 시들을 훑어가는 경로는 고역을 동반하기 마련이다. 반면에, 모인 시가 넘치듯 출렁거릴 때에는 부담스러우면서도 뿌듯하다. 거기에는 분명 내가 맞닥뜨리고 싶어하는 시의 간절함들이 충만하게 숨결 내뿜고 있을 것이기 때문이다.

박상화의 시들은 후자에 속한다. 편편이 예사롭지 않다. 시인 스스로 지난한 곡절을 겪어내었을 듯한 삶의 진폭이 여러 겹이다. 고인 작품들을 다 논의의 장으로 끌어들이자니 버거울 것 같다. 그리하여 나는 편법을 동원한다. 시들이 저절로 떨어져 나갈 때까지 며칠 동안 못 본 체해보는 것이다.

아하, 그러나 잘못 생각했다. 시들이 굳건하게 견디고 있다. 이렇듯 작품들이 지치지 않고 검질기게 버틴다는 것은 시의 형식과 내면이 단단하다는 뜻이다. 시인의 삶과 시의 태도가 튼실하게 여물지 않고서는 내보이기 어려운 지점에 이르러 있다. 그의 시와 섞이다 보면 새로운 맥락을 담지한 신개지를 만날 수도 있지 않을까 하는 기대 부푼다. 그렇다면 나는 이제 그의 시들 바짝 끌어당겨, 귀 기울일 수밖에는 없다.

2.

박상화의 시들은 문을 열어 내 귀를 진작시키시라. 주문 외듯 속삭이자, 「등」이라는 시가 맨 먼저 등을 내민다. 앞이 아니라 '등' 이다. 등.

어떻게 해도 손이 안 닿는 곳에
보이지 않는 곳에
한 번도 멀어지지 않았던
네가 산다

등의 힘으로 먹고사는 사람들은
자신의 등이 얼마나 크고 아름다운지
알지 못한다
서로 끌어안거나 등을 기대일 때
타인의 손길을 빌려서만
토닥여줄 수 있으나
꿈을 잃고
얼굴을 묻고 절망할 때에도
등은 표정이 되어주는
미덕을 지녔다

소멸하는 순간까지
끝내 남아 뒤를 지키는

묵묵한 사람들이 사회를 밀고 간다

얼굴보다
등이 더 눈에 박히는 사람이 있다

—「등」 전문

　등은 언제나 무언가를 말하고 있지만, 우리는 그 말을 알아듣지 못한다. 알아듣기는커녕 등의 존재조차 무시하고 산다. 우리는 거의 매 순간 앞만 보고 살아가는 것이다. 앞을 향한 채 앞면만으로 산다고 여긴다. 등에는 별 관심조차 없다. 앞쪽의 얼굴과 가슴과 손과 발에만 집중한다. 어찌 등뿐이겠는가. 등으로 상징되는 모든 '등의 세계'에 무감하다. "어떻게 해도 손이 안 닿는 곳에/보이지 않는 곳에/한 번도 멀어지지 않았던/네가" 살지만, 거기는 딴 나라, 다른 시간인 것이다. 등을 잊은 나라, 등을 잊은 시간이다. 무릇 등이 존재하지 않는 나는 있을 수 없으나, 등을 잊은 나는 이처럼 가능하다. 이것이 현대이고 현대인이며 이 때문에 현대인의 비애가 생성되는 것 아닐까 싶다. 현대인의 소외는 이런 데에서 배어나오는 것이다.

　그런데 박상화가 바로 이 '등'을 우리 앞으로 소환한다. 그는 등으로 세상을 읽고 등으로 세상을 본다. 등에 대한 관심을 이처럼 본격적으로 드러낸 시인을 나는 본 적이 거의 없다. 등을 얘기한다고 해도 대체로 피상적인 접근에 머물렀다. 등짐 진 자의 서글픈 생애와 그에 따른 연민쯤을 내보였다고 할까.

　하지만 박상화는 이에서 더 깊숙이 들어간다. 등의 시간, 등의 삶을 전면에 내세우는 것이다. 등은 사실 그늘의 영역이기 때문에 대체로 우리의 관심 밖이다. 앞이 중심인 현대사회에서 등이라는 그늘에 대해 누가 얼마나 눈 기울여줄 것인가. 잘못하다가는 공허한 메아리이기 십상이다. 그럼에도 불구하고 그는 열렬히 등을 설파하며 등의 시간을 살고자 한다. 시 「등」이 대표적이지만, 얼핏 눈에 띄는 시 구절만 해도 여기저기 뻗어 있다.

"길은 누군가의 등"(「꽃은 바닥에서만 핀다」), "화가 나서 등에 뿔이 돋더라도"(「먼지」), "곧추세워볼 일 없었던 등뼈"(「뼈다귀해장국집에서」), "시든 등도 쓱쓱 쓸어주던 것을 기억했어"(「시래기」), "굽은 등에 철탑을 지고/동지(同志)에게 마실가는 밀양 할머니"(「밀양 할머니」)" 등등. 여기에 시 「지게불(佛)」까지 포함하면 가히 그를, '등의 시인'이라 불러도 지나치지 않을 것 같다.

자, 그러면 이제 물어야 한다. 박상화는 왜 이렇듯 등에 마음 바치는 것일까. 시 「등」에 그 이유가 밝혀져 있다.

"소멸하는 순간까지/끝내 남아 뒤를 지키는/묵묵한 사람들이 사회를 밀고 간다"고 그는 믿는데, 바로 이와 같은 사람들이 "얼굴보다/등이 더 눈에 박히는 사람"으로 그에게는 다가온다. 이들의 등은 "꿈을 잃고/얼굴을 묻고 절망할 때"조차 "표정이 되어주는/미덕을 지"니고 있기 때문이다. 하지만 "등의 힘으로 먹고사는 사람들" 대부분은 "자신의 등이 얼마나 크고 아름다운지/알지 못한다." 박상화는 이에 전달하고 싶은 것이다. 등의 사람들과 그들의 '등의 시간'이 펼쳐놓은 크고 아름다운 세계를.

물론 그가 아무리 외쳐댄다고 한들 현대사회에서 등은 비주류

다. 중심인 적이 없었다. 등은 으레 등짐 진 자의 모양새로 드러나거나 수치의 대명사로 각인된다. 비극적이게도 메이저(major)가 아니라 마이너(minor)의 영역이고 그 몸짓이다. 그래서 등은 연민 같은 열위의 정서적 유대감을 띠게 마련이다. 생각해보면, 우리에게 등의 이미지는 업힐 때의 '안온함'조차 어떤 가련함을 풍기게 되고는 하지 않았던가. 포근함은 항용 앞가슴의 몫이었던 것이다.

한데 박상화는 이와 같은 등의 선입관을 단호히 거부한다. 등을, 반전의 역사처럼 정면에 세우고자 시도하는 것이다. 등판 같은 든든함과 등얼짝 같은 안온함의 세계야말로 그가 바라는 현재적 이상향이며 미래상이다. 아마도 그는 '등의 시간, 등의 나라'가 도래할 수 있다면 서슴없이 자신의 등과 자신의 시를 발판으로 내놓을 것이다. 그만큼 그에게는 '등'의 현존이 절실하다. 이와 같은 그의 의지가 반영되어 있는 시가 「지게불(佛)」이다.

어떤 사람이 지게를 지고 있었다.

지게에는 어린 자식들이 앉아 있었는데,
낮이나 밤이나 눈이 오나 비가 오나
그 사람은 지게를 내려놓고 쉬지 않았다.

일만 팔천 가지 병에 걸리고
사만 팔천 지옥을 지날 때도 지게를 벗지 않았다.

십 년이 지나고 이십 년이 지나고 삼십 년이 지났다.
그는 늙었고 지게에는 다 자란 자식들과 손자들까지 있었다.

지게가 너무 무거워서 괴로워진 그가
지게를 진 채로 술을 한잔 마시면, 자식들은
술이나 먹는다고 나무랐다.

그는 생각했다.
어떻게 하면 이 무거운 지게를 가볍게 질 수 있을까.
그는 끝없이 생각했다.
지게를 진 채로 불공도 드려보고
지게를 진 채로 참선도 해보고
지게를 진 채로 이름난 고승을 찾아다니며
이 무거운 지게를 가볍게 질 수 있는 방법을 물었다.

여러 고승들이 지게를 내려놓으라 권했지만
그는 지게를 내려놓을 수 없었다.
지게를 진 채로 지게가 가벼워지기만을 간절히 원했다.

살구꽃이 바람을 따라 흐드러지던 어느 날
그는 지게를 지고 선 채로 열반에 들었다.

—「지게불(佛)」 전문

등을 내어준 자들은 이타적이다. 나 아닌 누군가에게 자신의 등을 내어줌으로써 그는 마음의 평안과 삶의 의미를 확인하는 것이다. 반면에, 가슴이나 배를 내어미는 자들은 이기적이다. 자신의 이득을 위해 나 아닌 것들을 밀어냄으로써 자신의 안위와 삶의 달콤함을 맛보는 것이다.

지게는 이타적인 자들이 보다 더 많은 등을 내어주기 위해 고안

한 발명품이다. 이타적이다 못해 착취의 도구로 쓰이기도 했지만, 어쨌든 지게는 한 사람의 등을 더 넓고 효율적으로 활용하도록 만들었다. 작품 속에 등장하는 "어떤 사람"도 바로 그 점 때문에 지게를 걸머졌을 것이다. 그는 평생 동안 이 지게를 짊어지고 산다. 어리석을 만큼 이타적이다.

"일만 팔천 가지 병에 걸리고/사만 팔천 지옥을 지날 때도" 그는 "지게를 벗지" 않았으며 쉬지도 않았다. 나이가 들어 늙었음에도 불구하고 그의 지게에는 "다 자란 자식들과 손자들까지 있었다." "여러 고승들이 지게를 내려놓으라 권했지만/그는 지게를 내려놓을 수 없었다." 왜일까. 그에게 지게는 한 몸의 운명이었기 때문이다.

지게는 그에게 마치 벗으려야 벗을 수 없는 등과도 같았다. 그것은 깨달음 이전의 천형이었으며 동시에 천명이었다. 지게와 함께 평생을 던진 이타행인 것이다. 그런데도 사람들은 그에게서 어리석음만을 읽는다. 결국 "그는 지게를 지고 선 채로 열반에 들"게 되는데, 그제서야 사람들은 깨닫게 될 것이다. 그와 그의 지게가 사라졌을 때 자신들이 얼마나 괴로운 짐들을 짊어져야 하는지를. "어떤 사람"은 이제 '지게불(佛)'로서 영생을 얻겠지만, 남은 자들은 혹독한 고해의 바다를 걸머져야 하는 것이다.

그러나 과연 이 같은 생의 연대기는 정당할까. 이것이 이 시의 물음일 텐데, 당연히 그렇지 않다. '지게불(佛)'은 저 하나로 족한 것이다. 그는 이 전도(顚倒)된 세상을 손걸레로 닦으며 깨닫는다. 이제 이땅에는 '지게불(佛)'이 아니라, 다른 시간이 도래해야 함을.

박상화는 「손걸레질의 힘」에서 이렇게 적고 있다. "무릎을 꿇고 손걸레질을 하면/서서 대걸레질할 땐 보이지 않던 것들이/보인다"고. "어떤 묵은 때가 끼어 통증을 유발하는지", "어떤 먼지 같은 욕심들이 뭉쳐 있는지".

나는 여기서 '무릎을 꿇고'에 주목한다. 그가 무릎을 꿇고 바닥이 되었을 때에서야 비로소, 보이지 않던 것들이 자각되었던 것이다. "통증을 유발하는" 묵은 때와 "먼지 같은 욕심들." 이것들이 인식되었으므로 자연히 그의 손걸레질에는 힘이 들어갈 수밖에 없다. 그것들을 닦아내기 위해 열심히 힘을 쏟다 보니, "손걸레 앞으로 땀 한 방울 뚝 떨어"진다. 그럴 때 마음은 어찌 될까. "열린다". 내게는 이 '마음 열림'이 시 「지게불(佛)」의 열반과도 같은 경지로 여겨진다. 이는 바닥의 지각이자, 아랫세상의 개화이며 동시에 '등의 시간'의 구현이다.

손걸레질로 발견한 그의 바닥에 관한 사유는 시 「꽃은 바닥에서만 핀다」에서 다음과 같이 이어진다.

바닥에 닿으면
입안이 헐어 꽃이 핀다
먹을 수 없다
살려면 먹는 것도 줄이라고
꽃은 바닥에서만 핀다

밟기만 하고
바닥을 살필 줄 모르면

길이 끊긴다
길은 누군가의 등이었으므로
엎드리지 않으면 이을 수 없다

눈물이 바닥에만 고인다고 해서
고이면 차오르는 바닥의 힘을
없다고 할 수 없다

바닥이 아닌 높은 데 것들은
모두 침몰하는 중이다

술 한 잔을 받쳐 들고
밥도 담는 바닥에서
더 이상 가라앉지 않는 바닥만이
일어설 수 있다

가만히 엎드려
단단해진 바닥이 일어서면
벽이 된다
인정사정없이 밟아 다진 바닥이었으므로
그 벽은 뚫을 수 없다

　　　　　　　　　　　　　—「꽃은 바닥에서만 핀다」전문

　세상을 지탱하는 것은 바닥이다. 바닥의 삶들이다. 그의 말대로
"바닥을 살필 줄 모르면/길이 끊긴다." 어디 길뿐이랴. 바닥 없으
면 세상도 없다. 그러니 이 세상의 중심은 바닥이며 바닥의 삶들
이다. 그런데 세상은 정반대로 돌아간다. 사람들이 "바닥에 닿으

면/입안이 헐어 꽃이" 피며, "먹을 수 없"게 된다. 바닥의 삶을 견디려면 "먹는 것도 줄"여야 하는 것이다. 비참하다. 이 장면에서 나는 영화 〈기생충〉 속 지하생활자를 떠올린다. 그는 바닥 이하에서 지상의 삶을 '리스펙트(respect, 존경)'하며 살아간다.

그러나 언제까지 이렇게 살 것인가. "술 한 잔을 받쳐 들고/밥도 담는 바닥에서" 이제는 일어서야 하지 않을까. "더 이상 가라앉지 않는 바닥만이/일어설 수 있"는 것 아닌가. "가만히 엎드려/단단해진 바닥이 일어서면/벽이 된다". 이 벽은 오랫동안 "인정사정없이 밟아 다진 바닥이었으므로" "뚫을 수 없다". 이 뚫을 수 없는 벽으로 둘러싸인 세상, 이것이 곧 아랫세상이며 등의 시간이다.

그러나 우리는 알고 있다. 전도된 바닥은 저절로 일어설 수 없음을. 바닥을 일으켜 세우기 위해서는 반드시 전복(顚覆)의 무기가 필요하다. 박상화는 동태에서 그 힘을 찾아낸다. 내가 보기에 이 '동태'는 그의 '등의 발견' 못지않게 중요한 시사점을 띤다. 시집 안에는 시 「동태」와 메시지를 공유하는 작품들이 적지 않게 실려 있으나, 「동태」를 넘어서진 못하는 것처럼 보인다. 진술에 의한 발언들로 채워지는 경우, 대체로 시적 흡인력이 떨어지게 마련이다. 그런 면에서도 「동태」라는 시는 돌올하다.

　　동태는 강자였다 콘크리트 바닥에 메다꽂아도
　　눈 하나 꿈쩍하지 않았다
　　동태를 다루려면 도끼 같은 칼이어야만 했다
　　아름드리나무 밑둥을 통째로 자른 도마여야 했다
　　실패하면 손가락 하나 정도는 각오해야 했다

147

얼음 배긴 것들은 힘이 세다
물렁물렁하게 다뤄지지 않는다
한때 명태였을지라도,
몰려다니지 않으면 살지 못하던 겁쟁이였더라도
뜬 눈 감지 못하는 동태가 된 지금은
다르다
길바닥에 놓여진 어머니의 삶을
단속반원이 걷어차는 순간
그놈 머리통을 시원하게 후려갈긴 건
단연 동태였다.

　　　　　　　　　　　　　　　　　　　—「동태」 전문

　전복은 바르지 않은 것을 뒤집어엎어 바로잡는 것이므로 혁명
적 상황이라고 할 수 있다. 이를테면 세상의 형질이 바뀌는 것이
다. 따라서 그것을 구현하는 도구도 그에 맞는 형질 변경이 일어
나지 않으면 안 된다. 그러할 때 동태는 아주 적절한 혁명적 자질
을 갖고 있다. 한때는 무리로 몰려다니며 겁쟁이로 살던 명태였
지만, 얼음 배겨 강자가 된 동태는 이제 전혀 다른 존재가 되었다.
"콘크리트 바닥에 메다꽂아도/눈 하나 꿈쩍하지 않"는 강자로 바
뀐 것이다. 그러니 동태가, "길바닥에 놓여진 어머니의 삶을/단속
반원이 걷어차는 순간/그놈 머리통을 시원하게 후려갈긴"다고 해
서 이상할 것은 하나도 없다.
　박상화의 시집을 펼쳐든 분들은 아마도 시 「동태」의 이 지점에
서 통쾌함을 느낄 것이다. '단속반원'이라는 압제적 권력을 '동태'
라는 민중성이 타격하는 순간, 모든 비유는 사라지고 현실적인 쾌

감이 전류처럼 흐르는 것이다. 여기가 바로 시적 전복의 순간이다. 등의 시간이 구현되는 지점이기도 하다.

그런데도 어떤 찜찜함이 앙금처럼 가라앉는데 왜일까. 이는 "뜬 눈 감지 못하는" 상태인 동태와 자신을 동일시하기 때문일 것이다. 하지만 어쩌랴. 모든 거역에는 희생이 따르게 마련인 것을. 대가 없는 전복과 혁명이란 없다. 그런 점에서 명태의 동태로의 형질 변경은 번제(燔祭)적 성격을 지닌다고 할 수 있을 것이다. 이는 앞에서 적은 '지게불(佛)'의 열반과도 같은 승화가 아닐까 싶다.

이렇게 전복된 등과 바닥의 시간은 단지 상황만을 바꾼 것이 아니다. 마침내 바뀐 세상에서는 "어린 오리나무가 밤새 둔덕을 걸어 내려오"고, "바람 따라 포플러 나란히 걸어"간다. "시간은 그늘에 고이고/소음도 고요에 잠"든다(「나무는 걷는다」중). 그런가 하면, "어떤 사람들은 서서 버티는 나무가 되기도 하고/나무가 된 어떤 나무는 걷기도 한다"(「나무의 사랑」중). 식물과 동물이라는 경계가 없다. 물상들은 서로 허물없이 소통하고 흐드러진다. 흔쾌하다. 또 다른 차원이 열렸다고 할까. 신이와 해방의 공간이 펼쳐졌다고 할까. 서로 다른 물상들이 모여 함께 사는 '화쟁(和諍)'의 숲을 이룬 것이다.

   3.

박상화는 이제 전복을 지나 화쟁의 숲에 다다라 있다. 물론, 세상에서는 여전히 고공의 꽃이 핀다. "지구의 중력을 어기고/하늘

로 올라가" "제 힘으로 닫힌 하늘을 열고자"(「고공에서 피는 꽃」 중) 하
는 '등의 사람들' 끊이지 않는다. 그러나 앞으로는 다를 것이다. 그
가 이미 여기에 화쟁의 숲을 이끌어오지 않았는가.

큰 나무 혼자서도 안 되고
앞장선 나무 혼자서도 안 된다
혼자서는 이루지 못하는
숲

차비가 없어서 농성장에 오지 못하는 나무와
밥을 굶고 연대하는 바위
피켓을 든 작은 풀도 있어서
새는 먼 데서도 함께 울고
구름은 공장에서 일하는 마음을 띄우는 것이다
일자리 찾아가는 냇물들도 모여
함께 다 같이
숲

—「숲」 전문

그의 말대로 혼자서는 숲을 이룰 수 없다. "큰 나무 혼자서도 안
되고/앞장선 나무 혼자서도 안 된다." "차비가 없어서 농성장에 오
지 못하는 나무"도 데려와야 하고, "밥을 굶고 연대하는 바위"도 초
대해야 한다. "피켓을 든 작은 풀도 있"어야 하고, 먼 데서 함께 우
는 새와 "공장에서 일하는 마음을 띄"우는 구름도 어우러져야 한
다. 그래야 숲이다. 숲의 세상이다. 어디 이뿐일 것인가. "일자리

찾아가는 냇물들도 모여/함께 다 같이" 생명의 숨결 맞비벼야 진정한 삶의 숲일 것이다.

자, 그러니 이제 어쩌겠는가 하고 그가 내게 묻는다. 당연히 함께한다. 내 등 기꺼이 내어놓고 이 땅의 분투를 해소하는 화쟁의 숲에 들겠다.

당신은 어떠신가. 사람으로 살고 싶은가. 그렇다면 당신도 등을 내어주고 그와 함께 등의 시간에 올라타시라. 현대인들에게 남은 시간이 그리 길지는 않아 보인다.

鄭宇泳 | 시인

푸른사상 시선 105

동태